文芸社セレクション

医師の手　続編

曽我 佐和子
SOGA Sawako

文芸社

登場人物

森明　正　医師　四〇代半ば

浅川ミチコ　女優　ホステス　クラブママ　八〇代

古葉博子　看護師　五〇代

浅川優美子　嫁　三四歳

津田　医師　後に病院長　森明正の父親

鶴嶋　国会議員　四〇代　七〇代

浅川純一　息子　小学生　八歳

香取栄助　息子の父親　四六歳

湯浅　映画監督　三五歳

増岡かおり　先輩患者　四二歳

その他　　　記者、ほか

二〇一九年（令和元年）八月二九日　木曜日

私（浅川ミチコ）は八〇代後半の女性です。右手首を骨折して、四〇代半ばのイケメン医師森明正に手術して貰い一年が経過しました。

森明先生とは、向かい合わせに腰掛けたまま、何時になく、ゆっくり、お話をしていました。

あの優しいお顔は、ただ今、私だけの為に時間を使ってくださっているのです。先生を独占出来るって、こんなにも、楽しいことなのかと、それはもう、夢の中にいるようでした。

でも本日は何時もの予約表は、くださいません。

最後だから、もうその必要はないと言う事なのですか、病院に来なくてもいいんだと。

「そんな、そんなの、嫌です」（先生、ひどい）

言葉を発しなくなった森明先生との間に沈黙の時間が流れて行きます。

「手はもうよくなったのだから…」先生は、私に対してまるで、幼子をさとすような言い方でした。

（この時、森明先生と私の年齢は逆転していたのですね）

哀れむような口調で、

「何処かまだ痛いのか」と先生は私に聞きます。

「はい」

「そうか、それなら、来週木曜日、九時半、予約だ」

（瞬間、私の顔が輝いた）と後で聞きました。

いい歳して馬鹿ですね。（今はそう思います）

二〇二〇年（令和二年）一〇月八日　木曜日

私は生まれて初めて小説を書き、あと少しで出来上がる段階になって突然ワープロが動かなくなってしまいました。パソコン全盛の現在ですからワープロを探すのは大変でした、

都内をあちこち回り、秋葉原駅の中地下にあるのをやっと見つけたのです。早速買い求めたのはいいのですが、今度はタクシーが見つかりません。

重い荷物を持ったまま階段を上ったり下りたり、あげく足が痛くて動けなくなってしまい、ついに駅のホームに座り込んでしまったのです。

「森明先生助けて…」私は叫んでいました。

（聞こえる訳もないのに）するとあの日マッサージしていた先生の顔が出てき

たのです。まぼろしです。

先生があの時、一瞬顔を歪めたので、痛いのではないか大丈夫だったのだろうかと私は気になっていました。

先生の痛みを自分のものとして感じられるのは、嬉しくもあり、悲しみでもありました。

そんな私に対して最近の先生は優しいのです。

私の心がひどく、傷ついたのを知っているからです。

先生を好きになったのは私が先です、だから責任は私にあります。

「でもずっと会えないままではやっぱり寂しい！」

その繰り返しが心の中で続いていました。

（もう一度、もう一度だけ、会いたい）

私には人生の残り時間はあまりありません、どうしましょう歌の文句ではありませんが、このまま死んでしまいたいそんな気持ちのなか、かろうじて生きていました。

二〇二〇年（令和二年）一〇月一五日　木曜日

我慢しきれなくなって私は、とうとう病院にまいもどって来ました。先生に、呼ばれていきなり扉を開けたら、この上なく優しい顔が、そこにありました。

何時もは口数の少ない先生ですが、本日は雄弁です。これでもか、これでもかと多くの言葉を発しています。

「どこに行ってた」「あの時、こっちに来いと言ったんだよ」

次次と私にぶつける言葉はまるで子供のようでした。そして最後に「僕は君の家を知らないんだ」「知ってはいけないんだ…」

一瞬心臓が『ドキン』と音をたてました。

本当だったんだ。彼には家庭があった。それを知った瞬間でした。

遊び馴れた男ならこんな言葉は決して発言する事はなかったでしょう。なんと不器用なと、言わざるをえませんが、彼の美しい姿である事も又事実です。

「先生、お子さま、いらっしゃるのですか？」

突然口を突いて出た言葉に私は自分で驚いています。

まさか、こんな質問をするなんて？　自分では知りたくない答えを相手に求めてしまったのです。

その後に来る現実の中で、自分が苦しまなければならない予感をしていたにもかかわらず、真実を知る必要があったのです。

人生最後の恋は偽物であってはならないのです。

先生は悪びれる様子もなく、「ああ、いるよ」平然と答えました。早くそれを口にしたかった。

(これで胸のつかえが、取れた！　と言いたげな)

彼の顔に安堵の色が見えました。

大きなショックでした。私は即座に「お嬢ちゃまですか、坊やですか」と、聞きかえします。

早く言葉を続けないと自分の動揺を見すかされそうな気がしていたからです。

「両方いる、男、女、男だ」

その言葉が私の心を打ち砕いたのは言うまでもありません。

（三人もお子さんがいた）

（つまり家庭があった）

（先生は独身ではなかった）

その夜も、翌朝も、次の日も、その言葉は延々と私を苦しめ始め、果ては、私自身、立ち直れるのかどうか？　そんな状況下にまで追い込まれていました。

「男・女・男」先生の言った言葉を、何度も何度も口のなかで、私は繰り返し復唱します。

「ひどい！」「何が？」以下〈陰の声〉です。

「先生は何も悪い事はしてないよ」

「ミチコが勝手に先生を好きになっただけ、だろう」

「それはそうだけど、こんな家庭と言う囲いの中に先生がいるなんて知らなかった」

「先生の性格ならそのうち本当のことを喋ってくれただろうけれど、でも…」

陰の声の説教は続き～、「じゃあ、どうする？」

然し自分の気持ちとは裏腹に私は今、たまらなく先生に抱き着きたくなっていました。

でも一生懸命、足を踏ん張って耐えていたのです。

診察室の中で、二人の立ち位置の間隔は手を伸ばせば届く近い距離にありました。

先生も男なら、両手で私の肩をそっと抱く、くらいの度量があってもいいではないかと一瞬思ったのです。

（私がこんな衝撃を受けているというのに…）

然し待てよ、勘違いしているのは私だ、ミチコ自身だ今も、まだ若い頃の（ウヌボレ状態）のままで、彼に迫っていたのではないか？　まさか、そんな筈はない、老いた自分の姿は誰よりも私が知っている。


（ひどく恥ずかしかった）相手は私の息子と同年代。

可哀想にそんな年下男子に、私は大人の作法（ハグ）を要求していたのか？

（勿論私に、そんな資格はない）


伸ばしかけた自分の手を即座に引っ込めた時だった、先生が急いで私の手を摑んだのです。

彼は何も言いません、無言のままです。手と手が触れたのは二度目でした。

先生は、私を哀れんでそうしたのでしょうか？

そうではないのです。浅川ミチコの身体が、森明医師の胸に倒れ込みそうになるのを彼は相手の手を握ると言う形で防いだのでした。

ある意味、心の中は、日本男子の典型で、簡単に女性に触れたり浮気の出来る男ではないのです。

こんな男を愛してしまっては、彼女が可哀相です。

早く気づかせてあげないと、惚れて仕舞っては、後戻りするのに苦しみます。

看護師の古葉博子さんは先生を好きだと騒いだ何人もの女性を見ています。

あのイケメンに近づいては、いけません。今まで何人の女性を狂わせ、果ては死に近づけたでしょう。

彼女の説明はこうです。

老いてゆく女の悲しさを少しでも助けてあげたい。せめて大好きな先生と一緒にいる時くらい。幸せな時間であってほしい。こんな気持ちでいたのです。

特に私に対しては、好意をもっていてくれました。

ところで先生が、最初に私の手に触れた時は、関節の手術の跡を確かめると言う、医師本来の目的がありました。医学的観点からも不純な点は何一つ見当たりありませんでした。

回想一

二〇一九年（令和元年）八月二九日　木曜日

手術跡が、微かに痛い。極端な痛さではないから包帯をするほどではない、それでも私は包帯を巻き、更に上から、関節安定サムロック（ベルト）で留めていた、昼間だけではなく夜もベルトをつけて眠っていたのです。

突然驚いた朝があった。

右手関節の痛みが消えていたのです。布団を撥ねて跳び起きた。

(手術後も多少は痛みは残ると聞かされていただけに)

意外な喜びでした。

すぐにも報告したい。先生の出勤日に合わせて私は病院に行き、痛みが取れた経緯を説明します。

先生は私の手の関節サムロックをいきなり取り外しにかかったのです。ものの凄い早業でした。先生ご自身がした手術だから、特別の喜びがあったのでしょう。

私の右手を摑み、ついでに、もう一方の手で左手までも摑んで、先生と私の四本の手が、からんだまま感激の瞬間を迎えていたのです。

それでも先生は私の手を放そうとはしません。

色白の大きな手は更に強く弱く、力を加えながら、私の手を、もみくちゃにしていきます、猛烈なしぐさに対して言葉をはさむ余地などありませんでした。

多くの手術を手掛けても、詳細に報告に来る患者は少ないものと思われます。

「包帯を巻いて、その上からサムロックか」


嬉しそうに同じ事を何度もつぶやいた先生。

この時の手と手の接触は、先生にとっては医学的成果の賜物で、男女間云々ものではありませんでした。

然し皮肉な事に、私にとって先生の強烈な手の動きと、温もりは、忘れられない結果となって未来に繋がっていくのです。


今回二回目の手の接触は、私が手を引いたすきに、先生が、ご自分の意思で私の手を摑んだのですから、前回とは意味が違います。幾分罪は重い筈です。

真面目一辺倒の先生の中に、私はこの時、情熱的な男を見たのです。その意外性に胸がどきどきしていました。

それから数日経ったある日、「あの時、嬉しかった」先生に、そっと伝えます。

何の事か分かってか、分からずか、先生は怪訝な顔をしています。

私はおかしくて一人で笑っていました。

先生はわざと、すっとぼけて、言葉をはぐらかしてしまったのです。まさか、こんな器用さも、持っていたとは、人は見かけによらないものです。

（まあ、取り敢えず、そう言う事にしておきましょう）

手の接触において私だけが、心を燃やし続けた一回目。

そして今回のは（先生自身の心の秘密の部分）としてそっとしておく事にしました。

びっくりすると先生は急に無口になります。それが又とても可愛いのですが、今現在、そんな事を言っている場合ではありませんでした。

先生にしてみれば、診察室に突如（現れたミチコ）。

ここからは、先生の心を描かねばなりません。

（あの日、最敬礼して自分のもとから去ったミチコ）

彼女はもうここには来ないだろう。先生は半分あきらめの境地にあった筈です。気にはなるけれど仕方がない。

自分は（妻子のある身）当然、最初に言うべき事柄だったのに、言いそびれた。

ところが突如、現れたミチコはいきなり、
「子供がいるのか」と質問してきた。
「ああ、いるよ」と言ったものの、もう少し丁寧に、ミチコに説明すべきだったか？

いやあれでよかったのだ。
余分な事を喋れば、相手は尚傷つく。
ところが不思議な事に、僕はこの瞬間、彼女に何故か愛を感じていたのだ。
同情ではない。咄嗟に自分自身の心が叫んでいた「会いたかった」と。

頭の中で自分の立場を忘れた事もないし、妻子のある身である事は百も承知である。

手が…俺の手が、彼女の手を欲した瞬間に懐かしさがこみあげてきた。

そして自分の中に男性本来の部分を残しておきたいと切に願った。

ミチコのほうは、どうなのか。

「君は今何をしたい？」彼女に聞いてみた。

「一度でいいから、先生と手をつないで、病院の外をあるきたい」と…。

医師は思った。自分も同じである。と。

回想二

二〇一九年（令和元年）一二月二九日　日曜日

あの雑音と音楽の交じり合った電話が私の自宅に突然掛かってきたのは、年末日曜日の夕方であった。

もしやと思い私は受話器を耳にあてたまま暫くじっとしていた。電話はなかなか喋ってくれませんでした。

「お願い、何とか言って…」

私の悲壮な声に反応してくれたのは、音楽と騒音がいち段と高くなった直後の事です。

(わざと高くしたのかもしれません)

同調者（騒音）があったから安心して先生は、「ミ・チ・コ」と名を呼んだのです。

でも事は、それだけでは済みません。

ミチコは、嬉しくて嬉しくて、言葉を胸に抱いて眠ったと言います。

今、ミチコの胸の中は、その言葉でいっぱいのはずです。どうしますか?

森明医師にしてはめずらしく深刻な顔をしていました。

当病院では医師が患者に、直接電話を掛ける事は禁止されています。その規則を破ってまで、先生はミチコと呼んだのです。

真面目を絵に描いたような先生が病院の決まりを無視して患者に電話するなんて、とても考えられません。

しかも音楽と騒音を味方につけての行動です。

先生自身がミチコと呼ばざるをえない切羽詰まったものとは（彼女の存在を利用してでも、怒りをぶちまけたい事情があったのです）。

二〇二〇年（令和二年）一〇月一五日　木曜日

足が痛くなった原因は（重いワープロを必死で運んだから）これは心配しなくて大丈夫だと先生は言います。

先生の思いは別のところにありました。

「取り敢えずレントゲンだけは撮っておこう」

通常なら、歩き疲れたくらいで、大袈裟な事を、言い出だす先生ではありません。

彼の次の言葉がそれを証明します。

「今日出した薬を大切に使って、後はそうだな、コロナ次第と言う事になるか！」

なんで先生の口からコロナの名が出る？

五階まである病院の建物が修理され、洗面所もトイレも見違えるほど奇麗になっている。

以前は患者であふれていた院内が最近、極端に静かになった事に私は何故気づかなかったのだろう。

病院全体でコロナを敢えて隠そうとしているのに、先生は、わざとコロナの名を口にした。

医師自身が病院に対して患者の病歴証明を残しておきたかったのだ。

コロナ患者がいると分かれば、通常の患者は少なくなる、病院側との間でコロナ患者を受ける受けないでの葛藤があった事が想像される。

それとも更に上部からの圧力か？

古く薄汚れていた建物が奇麗になった。誰かが得して、その陰で働く意欲をなくした人間がいるかもしれないのに、でもこれが今の日本の姿だとするなら、どうする事も出来ない結論になる。

二〇二〇年（令和二年）一一月二六日　木曜日

「恋は理性の外のもので、突然、雷のように天から降ってくるのです。雷を避ける事は出来ません」と言ったのは、瀬戸内寂聴さんです。

私は八〇代後半になって初めて本物の恋を知ったのです。

過去にお付き合いした男性はありましたが、今回のように夢中になったのは初めてでした。

私はラブレターを書きます。

でも先生からは手紙の返事は勿論、何の意思表示もありません。

当たり前です。整形外科のトップ医師が患者相手にそんな事をする訳がありません。でも私は祈ったのです。何としても先生の心を知りたかった（その愛が欲しかった）のです。

先生とは四〇歳も歳が離れています。それでも、今時こんな事を考える馬鹿な女がいるのでしょうか。

冷静に考えると先生にはご迷惑だったと思います。でも後先考えられないのが私なのです。

回想三

一九七六年（昭和五一年）一二月

大映株式会社倒産。映画女優人生の終わりが突然やってきました。

テレビ部門は映画から切り離され残される事になったのですが、ただ、子供を抱えて、細々と生きるには、かなり苦しい。思い切って私は、知り合いをたずねホステスになることにしました。

日給二千円。一週間働いたら別の店から四千円で引き抜かれ、更に半月後、かなりの有名店から日給一万円でどうかと話がありました。

こちらは、かなり豪勢です。

子供の父親とは不運にも結婚出来なくて、私は独立して生きていかなくてはと思っていた矢先だったので、映画会社の倒産はむしろ、幸いでした。

時は高度成長時代。私はお手伝いさんを頼み、留守中の子供の世話をお願いしました。山形県出身の彼女は六〇過ぎのおばちゃんで、洗濯やお掃除をする時は、息子を背中におぶって働いていました。

食事時になると、円形のダイニングテーブルに、食器を並べ、動物柄がついたスプーンやフォークで楽しみながらの時間が過ぎて行きます。

息子がご飯をポロポロこぼしても彼女は、それを拾って食べ、見るからに祖母と孫のいる風景に、似ていました。以来私は、山形県人が大好きになったのです。

息子の父親との結婚が、果たせなくて、未婚のまま出産した私。岡山の父は「絶対許さない」と言いましたが四〇歳を過ぎたら子供を持つ事は、むつかしいだろうと思い、私は自分の意志を通してしまいました。カトリックの信者であった事も幸いしたのです。

然し息子がいたからこそ、仕事に熱中する事も出来たのです。やはり息子はかわいいです。

子供のためならなんでもできる最近の私。そんな心境の中で生きていました。

国会議員に当選した鶴嶋が「やあママ」と言いながらスポンサーを連れてやってきます。

彼との間には、半世紀に亘って男と女のややこしい問題が存在しました。

理由は息子純一の父親が肺ガンになり、私はお金を必要としたのです。どんなに苦しくても、お金の事は津田には頼めません。

香取は既婚者ですから私が心配する事ないと一度は私には関係ないとばかり無視を試みたのですが、問題は息子です。息子のためには父親は絶対生きていて欲しいと思ったのです。

多くの客に囲まれて、店は繁盛していましたが、私自身あまり幸せとは言えませんでした。

元来お金にかんしては潔癖症の私。この際何としても、津田から応援してもらったお金を返しておこうと思っていました。一度に返却は無理ですが、少しずつ返させてくれとたのんだのです。

津田は「馬鹿な事を言うな、世話になったのは私たちの方だ。銀座にくると、店はどこもいっぱいだ。

私たちが自由に飲める場所がない、今までいつも、あちこち店をまわって予約をとってくれていたママの努力のおかげだ。恩にきるよ」

現在と違って、この頃の銀座は大変混雑していました。土曜日にお客様が多かった理由が最初私にはよく分かりせんでした、学会の流れだったのですね。

今後ともよろしくお願いします。私は津田に深く頭をさげたものです。

そして最近では津田自身が、私を客に紹介し始めました。

「この人はね、産経新聞のミスユニバース岡山県の代表で東京に来たんだ。

北海道から沖縄までの美女五〇名、いや五一名か、舞台の上を歩くんだ。いつも彼女は先頭で…凄かったな」

（すごくはないのです身長のせいで先頭だっただけです）

「和服が似合うこと抜群で…」

それを強調してくれるのはいいのだが。次は水着姿になる。私はひやひやしていました。決してお世辞にも水着が似合うとは言えないからでした。

津田は映画会社倒産の事はしゃべりませんでした。よく出来た人で、善悪を心得た素晴らしい人物でした。

各県の代表たちが、オープンカーに乗り、都内を巡る時、津田の姿を、私は、町角で、何度も見かけました。

胸が痛みました。こんなに一生懸命応援してくれる彼に、なんの見返りもして差し上げられない当時の自分がひどく情けないと、過去をふりかえって思ったものです。

津田には妻や家庭があるのだろうか、ふと考えてみました。（多分ある）今頃になって気になるのは、津田を男として私は意識してなかったと言う事になりはしないか。

一九八八年（昭和六三年）四月

突然大映テレビから息子をテレビに出さないかと言う話が来た、湯浅監督が担当している『ウルトラマン80（エイティ）』の主役だった。

私は初め断るつもりだった。ところが息子自身がどうしても出たいという。そもそも私は映画の主役など一度もやった事がない。息子によって主役とは、どういうものであるか知ったのです。いつも陰の役ばかりだった私には息子が少しうらやましかった。それどころか、日の当たらないその場所で私は二〇年の歳月を費やしたのです。もったいない時間の浪費でした。

息子の父の肺ガンに関しては、国会議員の鶴嶋が、よく面倒を見てくれました。仕事、お金、病院、そして「クラブ小袖」にもよく来てくれていました。でも鶴嶋の目的は私自身にあったのです。

鶴嶋からはハワイや、カナダ旅行に行かないかと誘われます。私は何度も店を辞めてしまおうと思いました。私たち母子に、生きる道があればのことです、悲しいかな、どうすることも出来ませんでした。

鶴嶋の件が誤解され、次第に津田は店から遠ざかるようになります。

二〇二〇年（令和二年）一二月二四日　木曜日

午前一一時三五分、私が受話器を取ると電話は切れた。これが三文字電話の始まりである。電話の奥で犬の吠える声が聞こえる。何故か懐かしい。

私はこれを書く事によって、昔自分が書いた作品を引っ張り出して見た。どれもこれも主役ママの意地悪が目立つ前回前編として書いた『医師の手』は、なんと甘ったるいストーリーなのだろう。

森明先生におんぶに抱っこである。こうして彼の名を出すと今でも胸が騒ぎ、たまらなくなってしまうのです。

これに続く文章を書けとはなんと残酷な、でも書かなければならないのです。

二〇一八年（平成三〇年）八月九日　多磨調布病院　木曜日

かなり古い病院である。この病院を選んだ理由は、医師が途方もなく美男であった。その素敵さに私は参ってしまったのだ。

友人に話すと笑われた。病院の評判がいいとか、医師の腕がいいので決めたなら分かるけど、と。

でも先生は一度も私の言う事を聞いてくれません。

手術が終わって、お礼に食事でもと思い、八王子のステーキハウス、うかい亭に誘ったのですが、駄目でした。先生の誕生日を聞いても「Ｎｏ」。

私は先生より年上だから、何かプレゼントしたいデパートに行こう、それも「Ｎｏ」です。

どうしようもありません。

全く冷たい医師に私は手をやいていました。だからといって彼の魅力にまいってしまっている私は、あきらめるという事が出来ません。

でも、少しずつ森明医師は変わってゆくのです。変わらせてみようと言う興味がありました。

二〇二〇年（令和二年）九月一〇日　木曜日

先生はレントゲン写真を見ていました。足が痛いと言う、私の太もも部分です。先生はカメラ画像を移動させます。女の恥ずかしい部分が前面に出てきました。

太ももからの連続写真ですから、カメラが写真をとらえていたとしても何ら不思議ではありません。その部分をじっと見つめている先生。

私は「先生っ！」と大声で叫びます。

その声に一瞬驚いたようですが、平然としたまま、「何だ！」と先生の声が、かえってきました。

看護師の古葉さんが、手を伸ばしかけましたが、先生はそれを制し、画像を更に真剣に眺めています。

先生の大ファンである、嫁の優美子が言います。

先生は興味本位で見ているのではない、医師の立場から真剣に、観察してるのだと言います。

そうか、恥をかいたのは私だったのか。

「浅川ミチコ、足に異常なし」

先生の声が響きます。もしこの時、先生が興味本位で君の写真を見ていたとしたら、どうする？　記者に聞かれました。

私は答えます。「嬉しいです。やっと愛されたと」

私は思わず、手で口を覆い、「冗談です。私は先生を信じます」必死で釈明しましたが。

真向かいから森明先生が、にらんでいました。

二〇二〇年（令和二年）一月三日　金曜日

出掛ける準備をしていた時、電話のベルが鳴ります。

私は音を無視したまま、身支度を済ませてから受話器を取りました。音は瞬時に止まったのです。

多分、先生からでしょう。

（そう思うほうが楽しいから敢えて電話の、かけ主を詮索しませんでした）

それに、この日の先生は出勤日ではありません。先生は今、病院以外の場所にいる筈です。

昨年暮れ先生と約束したのです。「来年も三文字電話くださいね」と。私は言いました。

先生には分かっていました、三文字とは（ミチコ）を意味する電話の事です。

（たとえ無言電話であっても、相手はその間、私を想像しながらの行為ですから、それはそれでいいと、思ったのです）

それでも、やはり先生は冷たいです。

（モシモシ）の一言だけでもいいから私の声を聞いてから、受話器を置いてくだされば、私は嬉しいのですけれど、と言いました。

「いや、しゃべると、まずい」

先生は、どこまで頑固なのでしょう。

手の怪我から始まって、足の痛み、その他もろもろの整形外科関係の病の数々を私は調べました。

私の最初の怪我は別として、その他、小さな怪我を装って度々病院に通う事にしたのです。

やれ足だ、腰だ、指だ、と言ってゆく度に先生は真剣に取り組んで下さいます。

(なんて素敵な先生なのでしょう)

これらすべて、先生からのラブレターの返事だと私は思う事にしました。

二〇二〇年（令和二年）五月一四日　木曜日

私は自分の携帯電話の待ち受け画面を眺めていました。先生が「なんだ、それ俺の手だろう」と聞きます。

「はい、先生の手です、間違いありません」

看護師の古葉さんに手伝ってもらって撮ったものでした。

その時、先生は右手にペンを、握っていました。

「先生、手を出して」の声に左手を高い位置から下に向けて手を伸ばしてきたのです。

アップで撮った先生の手の写真は私の大のお気に入り、私は毎日のように眺めて楽しんでいました。

親指と人差し指は特に外科医らしく、爪を深く切り込んであります。懐かしい手です。

あの手術の時、メスを持つ先生の右手の補佐役とし活躍したであろう先生の左手です。

思い出すだけで胸がドキドキしてきます。

先生の手首から腕にかけて、もじゃもじゃと、まるで熊のように毛が生えていますね。

（だから優美子は先生の事を、熊の縫いぐるみちゃんと呼びます）

私は、本物の手に触る感覚で時々スマホの写真に触ります。すると写真は瞬時に消えてしまうのです。

「ほら！　先生が嫌だと言ってるよ、どうする」看護師さんが、私をからかい

郵便はがき

料金受取人払郵便

新宿局承認

3970

差出有効期間
2022年7月
31日まで
(切手不要)

160-8791

141

東京都新宿区新宿1－10－1

(株)文芸社

愛読者カード係 行

ふりがな お名前		明治 大正 昭和 平成 年生 歳
ふりがな ご住所	□□□-□□□□	性別 男・女
お電話 番号	(書籍ご注文の際に必要です)	ご職業
E-mail		
ご購読雑誌(複数可)		ご購読新聞 新聞

最近読んでおもしろかった本や今後、とりあげてほしいテーマをお教えください。

ご自分の研究成果や経験、お考え等を出版してみたいというお気持ちはありますか。

ある　　ない　　内容・テーマ(　　　　)

現在完成した作品をお持ちですか。

ある　　ない　　ジャンル・原稿量(　　　　)

書名				
お買上書店	都道府県	市区郡	書店名	書店
			ご購入日	年　月　日

本書をどこでお知りになりましたか?

1.書店店頭　2.知人にすすめられて　3.インターネット(サイト名　　)

4.DMハガキ　5.広告、記事を見て(新聞、雑誌名　　)

上の質問に関連して、ご購入の決め手となったのは?

1.タイトル　2.著者　3.内容　4.カバーデザイン　5.帯

その他ご自由にお書きください。

(　　)

本書についてのご意見、ご感想をお聞かせください。

①内容について

②カバー、タイトル、帯について

弊社Webサイトからもご意見、ご感想をお寄せいただけます。

ご協力ありがとうございました。

※お寄せいただいたご意見、ご感想は新聞広告等で匿名にて使わせていただくことがあります。

※お客様の個人情報は、小社からの連絡のみに使用します。社外に提供することは一切ありません。

■書籍のご注文は、お近くの書店または、ブックサービス(0120-29-9625)、セブンネットショッピング(http://7net.omni7.jp/)にお申し込み下さい。

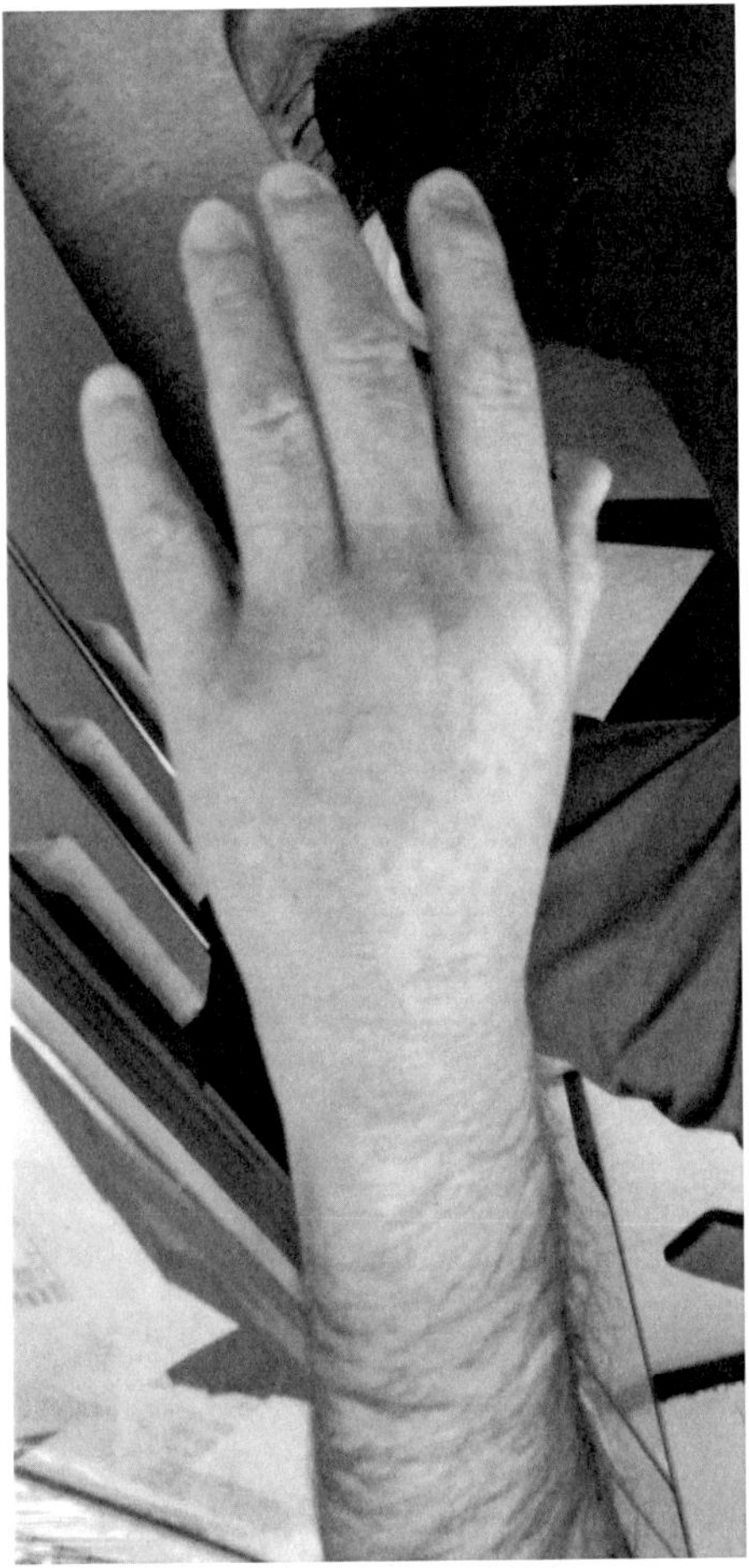

ます。

「当たり前だ、写真に触れば消えるよ、機械だもの」

先生の言い方は真っすぐです。でも何か気にしています。

私は少し不機嫌を装う事にしました。

最近先生をいじめる事を覚えたのです。先生が気にする様子が楽しくなりました。

盛んに周囲を見ています。

「分かった、分かった。ほら！」

先生は左手を私の前に突き出してきました。

目の前に出された本物の手に私は触りたい。でもその手に触る事は出来ないのです。

私が躊躇している間、看護師の古葉さんが、私をじっと見ています。彼女は、首を横に振るか縦に振るか考えていたようです。

(どうしたのだろう、森明医師の表情が柔らかい、こんなに優しい筈ではないのに)

医師と患者の間にはルールがあって、躊躇せざるを得ない別の理由があるのです。

先生と私の二本の手が並んだ時、先に動かすのは先生の手でなければならないのです。それはこの世界の決まり事なのです。

「誰が決めた?」「それは先生です」

先生には分かっていました。私の気持ちを知っていて、最近はわざと意地悪してくるのです。

でもその意地悪の中に最近、愛が含まれている時があります。（とても嬉しいです）

先生の目を見ましたら、小さくうなずいてから、更に笑いを強め（早く握るのだ）と目が催促しています。

私は先生の手を、両手ではさむようにして思い切り力一杯にぎったのです。

「いたたたた…」

「先生オーバーです、女性に、握られて痛いはないでしょう」

「生涯に一度は本物の恋をしなさい」と、神様は私を目がけて、恋の雷を降らせてきたのです。

それならば何故若く美しいうちに、と思わずにはいられませんが、今だからこそ、分かった事があります。

好きな人のそばにいるだけで、また思い出すだけで今日も元気でいられる私。

「このエネルギーは、無料で、いただいてもいいのですね」

二〇二〇年（令和二年）六月二五日　木曜日

私が先生のお顔を正面から、まともに見るのは本日がはじめてのような気がします。

以前の私は、先生の顔を見つめる事が出来なくて、あさってのほうを向いたまま七カ月間過ごした事は以前に書きました。

当時は先生の顔を見るのが、はずかしくてたまりませんでした。（初めて恋を知った乙女のような感覚）

つまり先生の立ち位置が、すごく崇高だったのです。それが最近、少しずつ、ほぐれてきて、やっと、懐かしい人となり、今では、この人がいなかったら、私の人生は無《ム》に等しいとさえ思えるようになっていました。

もう一歩、もう少し進んで見よう（勇気をだせミチコ）。

どこかで声が聞こえます。

「彼に妻子がある事を忘れるな」

私は自分に命令します、メモを先生に渡したのです。

それは、次のような文面です。

（先生私を抱いて下さい、洋服の上からでいいのです。力いっぱい私を抱き締めて下さい）と。

先生ご記憶ですか、あの時先生は急に床に座り込んでしまい、下を向いてしまわれたのです。
勿論、私の顔など見てはくださいません。
この時分かった事があります。
先生は童貞で結婚なさったのですね。
私の想像ですから真実のほどは分かりません。

私が言いたいのは、過去に私を通り過ごした、二人か三人の世間慣れした男たちの生き様でした。
もう二度とふりかえりたくない過去です。

先生の清潔さを目の前にした時、あっ！　この人なら俗世間から私を救ってくれると感じたのです。

残された自分の日々を、先生の呼吸が感じられる世界で過ごせたらどんなに幸せだろう、と思いました。

本日、先生のお顔から目を離さなかった私に、先生ご自身もお気づきでしたね。

何時もは不思議そうに私を見るのに、今日の先生は真剣に私を見てくださっていました。こんな瞬間を今まで経験した事はありません。今日こそ何かが起こる、予兆がありました。

七カ月間もの間、先生のお顔を見ない日が続いて、逆に今は、先生をじっと見つめていますと、その脳裏に先生のとんでもない姿が浮かんできたのです。

医師が大変な手術を終えると「やれやれ」と立ち止まり、ふと男は次に、何をしようと、思う以前に、心はきまっているのです。次の段階は、山崎豊子原作『白い巨塔』の映画シーンにもあります。

（医師は女を抱きたくなるそうです）

でも先生には（女はいない）私が勝手に決めました。

（ごめんなさい間違っていたら謝ります）

もしも、それに当てはまる（先生のお相手）女性を一人選ぶとするならば、現時点では、奥様しかいませんね。


私の右手関節の手術のあと、姿を消すのが実に早かった先生の行動を考える時、私の想像は更に、想像を生み、奇妙な現実に突き当たったのです。

先生の三人のお子さんの内、一番下の坊やの年齢を知りたくなりました。とんでもない事を考えたのです。

ちなみに私の手術日は平成三〇年八月二三日木曜日。

この日を基準にして、日にちに足し算をしてゆきます。

三番目のお子さんの誕生日を発見。

私の心の中の計算がぴたりあった事を喜びます。

先生に叱られますね。（お前はなんて事を考える）と。

（余計なお世話です。自分の子供でもないのに）

先生と私の、年齢差は、男女を遠ざける結果になっても、結ばれる奇跡は、起こりえないです。もう少し遊ばせてください。

本日私が、お薬と湿布をもらってバスを待っている時、病院の前でふと先生のお顔を見たような気がしたのです。

建物の窓か、お車の窓だったか、定かではありませんが、なぜか、本日中にもう一度先生にお会い出来る予感がしました。

或いは、私の強い願望だったかも知れません。

その日の夕方、「ピンポン」。わが家の玄関チャイムが鳴ります。「まさか」そんな事があるのでしょうか。

チャイムは二度鳴らされたのですが、瞬間的に見たのは、わが家の玄関モニターから去ってゆく男性の後ろ姿でした。

先生だ。間違いない、そうは思っても、すぐに扉を開ける勇気はありませんでした。

足音は二人です。もう一人は運転手さんでしょうか。何故か急いでいた様子がありました。他の病院へ向かわれる途中だったのでしょうか。

複数の足音がエレベーターホールに消えた時、どうして私はわが家の、玄関扉を開けて、走ってその場にいかなかったのか、今悔んでいます。


見間違いであって、先生でない事を願いました。

先生と私の年齢差がこれだけ離れていては、奇跡は起こりません。

（何度も何度も自分に言い聞かせて納得したつもりなのですが）私の心は納得してませんでした。

二〇二一年（令和三年）九月二日　木曜日

本日の私は「91番」さんというよび名でした。

（今月から病院が変更したのです）

診察室には入ってからも、私は言葉が出てきません。

「どうしました」先生が言います。

「私なんでここに来たか分からないのです」

（先生は私の左足のレントゲン写真を見ていました）

「足まだ痛いのだろう」

「痛くありません」

「痛くないって…ぜんぜん？」

「はい、全く痛くないのです」一同笑いに包まれます。

「ほう、それはよかった。回復したのだ」。

再び一同の笑い、でも私だけが笑っていません。

「足をぶつけたのです、弁慶の泣きどころを」

「それで」

「そうしたら、今度は反対の足が痛くなりました」

「かばってるんだ」

先生とのやりとりはここまでです。

「先生は週に三日はこの病院であとは他の病院ですね」

「そのほか手術とか色々…とね」

先生は、どうやら他の病院の事は喋りたくないらしい。

「先生のいらっしゃる他の病院に私を変えていただけませんか」

「どうして？」

「家から近い方がいいんです」

「ここの病院のほうがずっと近いよ」

「近い遠いは何を基準に決められたのですか」

私の家からの距離ですよね「先生は私の家をご存じないでしょう」なぜか先生の返事がない。

あの日、じっと相手の目を見つめて何かの寸前まで行きました、そうです、一年数カ月前のあの時です。

夕時、未遂に終わった、何としても悔しいあの時です。

側で何かの物音（ネズミかリスか知りません）、彼たちによって大切な大切な、私たちの初めてのシーンは消えたのです。

今（あの時と同じ時間帯です）私は思い出していました、でも過去には戻れません。

二〇二一年（令和三年）一一月一五日　月曜日　新宿西口公園近く

病院の門から出てくる男女、女のほうが少しだけ年上のようである。

「あっ！　あの人」それを見た私はそばの茂みにかくれます。

幸い顔は見られてない。周りは、うすぐらいし、スカーフで顔をおおっていました。

男は森明医師。女は私の先輩患者増岡かおりさんです。

「君は先に帰れ」先生は、そばのタクシー運転手に、お札を渡しました。車は彼女を乗せて走り去ります。

茂みからおそるおそる出てきた私に、先生は「大丈夫か足を見せてみろ、さっき転んだだろう」と言います。

「何時間待った、三時間？　四時間か！」

「実は僕の後を付けてるのを知ってたんだ。悪いことをしたごめん」

「本日、先生の付き添いは、私だったのに、どうして増岡さんになったのです」

私は昨日先生を病院に尋ねた。「あした病院の外を一緒に歩こう」あの約束を実行するためだった、先生は覚えてくれていた。

そのうち合わせだった。診察室の扉を少しひらきかけた時だ。

「彼女何歳」「さあ」「カルテに書いてあるだろう」

「そんな事どうでもいいんだ」「どうして」「理由は聞かないでくれ」

聞いた事のある声、あれは津田の声だ。

過去にあれだけお世話になったのに、香取の病のせいで、こじれてしまったのを私は思い出していた。

今は養子には入って森明病院長、つまり森明医師の父親である。

まずい、私は。音がしないように、そっと診察室の扉を閉めた。先生の優しさだけが感じられた、この場面、私はさめざめ泣いていた。

森明医師が私を追いかけてきた。「明日ここに来い」メモが手渡された。

そして本日の、私の同行は変更されていた。

ここは新宿西口公園側、ベンチの向かいに自動販売機がある。森明医師はポケットから小銭を出し、ジュースとお茶を持ちこちらに来る。

「喉が渇いた、ジュースとお茶、どっちがいい？」

「お茶」私は答える。先生から渡されたお茶を飲むが、

「やっぱり甘いほうがよかったかな」

「なら、取り替えよう」飲みかけのジュースを先生の手から受け取る私「あっ、ごめんなさい」。

「いいんだよ、なんだか秘密のデートをしてるみたいだ」

「だったら私本妻のほうがよかった」

「そうか、それなら次からはそうしよう」

「意地悪！」

「遅くなった、送ってゆくよ」

タクシーは甲州街道を走り松原交差点で私は降ろされ、車は八王子方面に向かって消えた。あっと言う間の出来事。私たちの、たった一度きりの逢瀬だった。「先生今日はありがとう」でも謎は残る。

先生どうして私の住居を知っていたの。

それは何のために…。

著者プロフィール

曽我 佐和子（そが さわこ）

昭和8年1月9日　岡山県生まれ。

高校在学中から数年、山陽新聞社の専属写真モデル。

昭和27年、上京。TFMCでファッションモデル。

モデルとしては、身長が足りない為昭和33年、女優に転向、大映東京撮影所勤務。

大映倒産後、銀座でアルバイトしながら、テレビ出演等で生活を維持。かたわらシナリオ教室で勉強。

著書に『医師の手』（2021年、文芸社）がある。

医師の手　続編

2022年４月15日　初版第１刷発行

著　者　曽我 佐和子
発行者　瓜谷 綱延
発行所　株式会社文芸社
〒160-0022　東京都新宿区新宿１－10－１
電話　03-5369-3060（代表）
03-5369-2299（販売）

印　刷　株式会社文芸社
製本所　株式会社MOTOMURA

ISBN978-4-286-23609-4